和田浩一

句集

いのち

東京四季出版

いのち／目次

装幀　高林昭太

句集

いのち

たまご酒

平成二十二年〜二十六年

平成二十六年

命どこからてのひらの寒卵

いのち濃くあり壺国の濁り酒

平和いつまで靴下の日の温み

灯のさきに灯を生み春の潦

芋菓子をバリッと春のどまん中
川越

鳩集う原爆ドームこどもの日

母の忌の母へ花菜のからしあえ

昭和の日昏れ羊羹のうすみどり

頭から酸化しつづけひきがえる

葱坊主みな右を向き暗い朝

巴里からの妻待ち夕《ゆ》焼け濃き羽田

悪女ぶって大きな黒い夏帽子

終戦日象が鎖を曳きずれり

巡礼のように蟻ゆく爆心地

零時に静止八月の花時計

晩夏光無官無職の膝ふたつ

大正の父の恋から月見草

枯れてゆくものの明るさ乳母車

平成二十五年

閼伽桶の水の秋日を掬いけり

蓮の実の沈み水底光りだす

黄落のどこにも影のない男

たまご酒風の荒野のように居り

熱気球ふわっと谷中村の春

後ろ手の何かものの言う花曇り

チャルメラの花の闇から来て闇へ

海峡を太き水脈分け沖縄忌

山繭の青く睡れり葬りあと
しんがりはもっとも自由濃紫陽花

疼く灯のいくつ天城の梅雨深く

昭和から来て麦秋の無人駅

丸洗いされ灯台は聖観音

曼荼羅の中に沈む日終戦日

下野の彩雲浄土田水抜く

仏壇の母はモナリザ夜の秋

夜の秋生命線を水流れ
錆鮎を頭から食べ忘れたる

平成二十四年

昭和史の暗きに白い曼珠沙華

古稀はまだ青い予感の落し文

虫喰いのほおずきの中ほとけさま

天上天下唯我独尊曼珠沙華

玄関に紙のヒコウキ今朝の秋

望郷のときに作務衣の草虱

成すべきは成し山国の木守柿

秩父山脈《やまなみ》自負も自尊もなく枯るる

秩父路の稲架掛け小豆戦なく

夜盗虫へろへろ笑い被曝畑

還らざるものの群青冬の海

踏む雪の音の翳りし蔵の街

地縛りの花の愛嬌廃校舎

春深し子規の机の薄き影

たくさんの蝌蚪たくさんの死の不安

積木箱壊しだあれも居ない夏

たくさんの足音の消え沖縄忌

救急車近づいて来る梅雨月夜

足裏にたしかな地球金環蝕

草笛を吹くたび父の還り来る

冷房機止め立方体の闇

月の出の海古稀からのこころざし

平成二十三年

十五夜の黙を深める自在鉤

否定から己はじまり秋桜

父からの辞書を繕い開戦日

延命のことふっくらと鍋の牡蠣

地震の地へつづくあおぞら白木蓮

手には手のさみしさ海へ春没日

涅槃図の中で眠れり雨の午後

とっぷりと新橋夏至の酒場の灯

炎昼の影から影へ影法師

終戦日正午わたしの影がない

半熟のたまごには悔い花霞

にぎやかな日々にも冬の自在鉤

平成二十二年

秋深し母の財布に五円玉

この道を戻れば昭和蕎麦の花

文明は戦せぬこと冬桜

十二月八日ふたりの皿洗う

声出さぬ日も赫々と冬没日

不安ふと寒夜の妻の高笑い

甘露煮の鮒のくずる父郷かな

春立ちぬ撒かざる豆の一握り

のらくろのなみだ建国記念の日
はるのゆきいまかけがえのないいのち

縫代に昭和のほこり花曇り

花のなき墓も彼岸のお中日

揚げひばりときに己を見失う

この谷の最後の一戸鯉のぼり

日章旗ていねいに描きこどもの日

恋心とも山繭のうすみどり

筆談の笑いを誘い梅雨の入り

黙という凶器のありぬ梅雨月夜

たわらぐみことばにいのちやどすとき
たくさんの目玉が乾き終戦日

余命知らざりてのひらの晩夏光

晩年のゆったりと来る秋桜

叫びたきときは叫べと黄の銀杏

父の忌の酔覚めの臍そぞろ寒

闇の花

平成元年〜五年

美穂

卒論の表紙むらさき牡丹雪

平成元年

浩章

雪夜教えるネクタイの結び方

目鼻なき雛ふりかえり思川

解らなくなり花の闇闇の花

樹語鳥語まなこをひらき五月来る

黒人に席を譲らる麦の秋

時の記念日綿菓子の海へ駆け

花嫁のように鯉来る梅雨の入り

哀しみになるまで氷嚙みつづけ

師と歩き大平山の慈悲心鳥

ほおずきを噛めば灯の点く水平線

ひまわりを笑むかに描き被爆の地

住民票に母の名加え秋桜

父在わすように良夜の父の椅子

平成二年

囀りの聞えぬ母に耳があり

泥鰌食うどじょうのような貌をして

隧道の向こうあおぞら蜆売

頭ひとつころがっており夏座敷

婚約の娘の耳飾り天の川

送金し除夜の銀河に鍵掛ける

春入日手紙に鍵を添えて置く

平成三年

どこへ行こうか春昼の朱い浮標《ブイ》

渡良瀬の四月青い詩黄色い詩

随《つ》いて行けそう菜の花と赤い水門《ゲート》

心臓のような桃割り夜の汽笛

神さまにちょっと失礼からす瓜

胸軽くなり黄落へ一歩一歩

ビスケットの兎や亀や栃の実落つ

平成四年

魂のカッと見開き寒椿

ふわっと春螺旋階段降りて来る

切株は男の匂い冬こだま

そろばんの玉の欠落はるのくも

古事記から少女あらわれ桜貝

浅蜊酒蒸し酔いて幼き目に戻る

来世あるらし観音さまの手より蝶

夏空に忘れ来しもの観覧車

太陽に目を描き遺児である八月

仮病決めこみ朝の蟬うるさいぞ

うっかり眠り東北の天の川

蟋蟀の闇扉《と》をひとつひとつ開け

木の洞に少女が眠り雪降れり

鍵穴はいつも雪降り閻魔堂

雪しまくかなたに欅定年まで　平成五年

仏壇に卒業証書誰も居ず

広島

法華太鼓にたくさんの蟹被爆の刻

観覧車だあれも乗らず被爆の日

しばらくは死んだふりして黄金虫

酒好きの鼻が恥らい夜の蟇

鯖雲へ母を押しだし車椅子

一億のひとつの死ですいぬふぐり

自由席

平成六年〜十一年

平成六年

雪雷は父のしわぶき母眠り

母呼べど呼べど応えず夜の雪

きさらぎの空の深きへ母逝けり

骨壺の前のやすらぎ母へ雪

岩魚焼くそして音信不通なり

死ぬための金溜めはじむ金鳳華

地上とのあわいの条理藤の花

臍出して寝る長崎の青畳

八月が過ぎ湾口の黒い浮標《ブイ》

冬欅歩くことだけ考える

堰を越え鮎はうしろを振りむかず　平成七年

梅雨あおぞら臼に時間が眠ってる

平成八年

一月の沖はわが胸まっかな帆

昭和史の雪の闇から大きな目

育て終え遠目に雪の廃鉱炉

きさらぎの時間きらきら思川

早蕨は祈りのかたち茶臼岳

定年を越えるかもめの白い胸

桜桃忌鍵の数だけ鍵を掛け

吾亦紅はるかな空は明るくて

ゆっくりと汽笛のはなれ蜜柑山

みほとけの手の生命線冬深む

どっかりと冬高気圧焼酎瓶

鳥になったら元日の青い夜明け

平成九年

いかなごの網にきらきら海へ橋

井上井月墓

雪の仙丈《せんじょう》岳夕炎え墓碑の文字読めず

酒壜に風あおく鳴り蕗の薹

雑食のわれら火の山ひめじおん

コスモスのゆらゆら私の自由席

泥葱を束ね拓銀支店前

風花はどこから小さきだるま買う

平成十年

松の花眠たい海を揺すってみる

甲斐駒に雲立ちあがり桃の花

安達太良に朴咲き私の居るところ

海までの暑さみくびり酔芙蓉

眼鏡替え終戦の日の水平線

まんじゅしゃげ己のほかに己なし

俳句王国

だまし絵の鮫が口あく神の留守

定年のとき透きとおる百目柿

叫びたくなり還暦の冬入日

冬夕焼駄菓子屋の瓶空いており　平成十一年

無職と書きあおぞらへ花辛夷

念入りに薄き髭剃り雪稜線

若さ欲し春は風車の海へ向く

両腕をひろげ五月の風の的

盛装は喪のときばかり雲の峰

死ぬまで未来隠り沼《ぬ》に青葉浮く

不甲斐なき足腰わっと濃紫陽花

青どんぐりひたすら歩くだけのこと

原稿は夕焼けのいろ眼鏡置く

尊厳死拒むにあらず紅葉山

開戦日非常口からまぎれこむ

父の忌が過ぎ男体に雪の襞

すずめのてっぽう淋しいから饒舌

嘘

平成十二年〜十五年

春の雪顔使いわけ疲れたり　平成十二年

早寝早起き白木蓮《はくれん》の百あまり

さくらあおぞら淋しくないと言えば嘘
怪獣の口から子の手はるのくも

利尻

煙出しからけむり灯の点く昆布小屋

黄のひなげし雲上に利尻富士

野寒布岬風にたじろぐ黄色い蝶

はまなす街道逃水の逃げつづけ

エトロフは見えず青鷺廃堡塁

音楽は風見鶏から夏岬

子雀にパンの耳買う投票日

夏の沖見つづけわれら戦中派

樺美智子忌白髪を手で梳《す》けり

朝焼けの時刻表から上高地

海霧《じり》深き夜を明るく浚渫船
初こがらし玄関の灯のひかりの輪

翳る柿照る柿いのち響きあう

冬あたたか耳持つ土器の五千年

平成十三年

北へけむり冬の浅間の大き鷹

岳樺雪夜幼なきロシア文字

百代の遺伝子を継ぎ花まつり

草笛の澄むまで父がそばに居り

仏壇に大きな桃とぬいぐるみ

吊橋の向こうに未来花またたび

みないびつなり兄弟の茄子三つ

一枚のはがきの恨み夏の沖

老人のシャボン玉吹き水平線

地球儀のアフガニスタン冬日射し

きらきらと寝るときの水冬立ちぬ

涙目に冬のあおぞら伝書鳩

どの扉選ぶか冬の海が鳴り

崩壊の過去からかもめ冬没日

両国の橋までふたり春の雪　平成十四年

点滴の一滴ひかり花の冷え

黄蝶白蝶重心の置きどころ

仏像にまだ木の匂い夜の朧

瀧までのたかぶり朱い落し文

暗澹を過ぎ対岸の花槐

冷蔵庫じいんじいんと淋しかり

瀬音澄み未婚のいろの花木槿

無機質の男に還り渋い柿

類想を拒み昼鳴く牛蛙

熱川

胸軽くなり太陽の蜜柑山

沖からの汽笛が眠い蜜柑山

笛青く澄み蔵町の豆腐売り

誕生日ぼろぼろの辞書あたたかく

平成十五年

三月過ぐサラダ皿から地中海

逝くときひとり凍瀧の青光り

蛤のほつほつ焼かれ妻との距離

男には去就の美学春の雪

たかがにんげんされど淋しき山桜

仏壇に延命拒否書花の昼

五月闇生きているから目がふたつ

青簾にんげんのままめざめけり

若葉光ガラスの馬車の翔ぶつもり

空気薄すぎ東京の合歓の花

切株に父の温もり雲の峰

ゆびきりの指も夕焼け橋の上

どろっと眠りひぐらしの青いこえ

足尾

鉱山《やま》の雨止み蕗売りの乳母車

青葉風木喰さまの口に笑み

出雲崎

良寛の書のまえ猫の昼寝どき

沖縄の海へまっかな仏桑華

目と鼻のさきに猫の目冬立ちぬ

赤蕪の中もくれない開戦日

ボージョレヌーヴォー湾の灯の馬蹄形

寒牡丹

平成十六年〜二十一年

平成十六年

角砂糖沈み不穏な春隣

焼芋のほっこり父郷暗くあり

ふところに仔猫の眠り春の雪

新宿御苑

ハンカチの花さみしいほど自由

たましいのどこでどうなる花三分

死者迎うオンジョロジョロジョロ朱い芥子

夏霧の火山どこかに非常口

夏鶯肩に力の入りしか

重心を下げて歩きぬ稲の花

瀧裏に来世のとびら秋日濃く

晩秋の瀧晩学のこころざし　平成十七年

稲を刈る村から村へ赤い橋

冬うらら海老の尻っぽを噛みあぐね

芭蕉曾良行き立春の一里塚

語らざることも九段の夜のさくら

風土記の丘むらさきの蝶が群れ

さくらあおぞらふさぎ虫怒り虫

家族の靴洗い沖縄慰霊の日

牛蛙森の呼吸に息合わす

終戦日山頂で吹くハーモニカ

野木神社

神妙に神に近づく藪からし

ドラキュラの案山子が人気すずめ来る

平成十八年

手鏡のどこへ誘ない雪蛍

終い不動売らるる鍬が日を返す

落語家の大きなマスク隅田川

春の雪ポストの口に手が届く

青い睡蓮刻々と未来減り

原告はさくら被告は雨に濡れ

夏のうぐいすいつまでも若いつもり

古書街の夕焼け白髪掻きあげる

平成十九年

どこでどう淋しくなりぬ烏瓜

日の当るところを占拠からすうり

散りぎわの己たしかむ黄の公孫樹

暗くなるまでのときめき寒牡丹

冬欅いまが最も若いとき

蔵町の五叉路を渡り春の雲

朧夜の消火栓から水が洩れ

屈み聞く猫の言い分花翳り

昭和史は列車の尾燈春の雪

太陽のまんなかに落ち蓮の実

戦なき空を田に鋤きこどもの日

花アカシアこの道行けるところまで

仮縫いのままの歳月盆の月

終戦日過ぎ粉末となるまむし

くつわ虫山国の夜を酔ったふり

フルートの音色みずいろ夜学の灯

平成二十年

妻留守の動かぬ空気冬隣

電飾のけだるさに酔い一の酉

八頭思案の果ては眠くなり

妻どこへ行ったか風に烏瓜

誇らるることも蓑虫ぶうらぶら

白鳥の羽毛帆となる薄日射し

平成のどこへ春野の廃線路

薄墨桜つぎの世も逢うつもり

おぼろの夜象形文字を分解す

癒されぬ胸の高さに麦の秋

五月の銀座ずかずかと影踏まれ

麦飯の麦に目のある沖縄忌

死ぬまでは戦後夕焼け濃き山河

下野の東西南北夕青田

合掌の己が手の皺夜の蟬

夏果ての波くるぶしを軽くせり

不明者の名簿に我名夏果てる

生きて死ぬそれだけのこと夜の蟬

平成二十一年

黄落の沼から胸に青水輪

十二月八日パリッと焼餃子

政治経済義歯の違和感春隣

下野の山河を煮つめしもつかれ

涙もろくなりクリオネの青微光

野火止めの水面を冥く野火走る

ぼんぼりを灯し水面の八重桜

早苗饗のあかりが届き余り苗

生きている限りあしあと夏砂丘

立ち停まることも阿弥陀の白い蓮

夏鶯風は木綿の肌ざわり

黒いひまわりじりじりと長崎

ちちははの通り過ぎたる釣忍

わらじ虫ぞろぞろ選挙公示の日

結

昭和六十三年

壺の闇ねむりぐすりが雪降らせ

向日葵の倒れる日まで水平線

百万の水子の合図あまのがわ
かまつかのいろ怒りから悲しみに

秋の雲ゆっくりガラスビルを抜け
蓮根掘る観音さまの雲に乗り

あとがき

喜寿の自祝と生きた証しの句集である。

ここまで如何に多くの方々に支えられ、生きてきたのであろうか。

その意味に於いて感謝の句集でもある。


昭和三十六年、師和知喜八の門を叩き、「響焔」で作句活動をはじめた。爾来五十有余年、響焔一筋とはいえ、不肖の弟子だった。

山崎聰現主宰をはじめ、秀れた先達、仲間の中で牛歩ではあったが、意義ある学びの場を得させていただいた。

又、栃木での組織活動も昭和六十二年、栃木県現代俳句協会の設立に参加し、石田よし宏前会長のもとで一貫した活動を展開させていただいた。

その石田先生も今年、天寿を全うされて、亡くなられた。

いま、栃木県現代俳句協会の多彩な活動は注目されている。多くの先達、仲間のお蔭であり、感謝したい。良き先達、仲間は私の誇りである。

構成については古稀からの五年余は「命」と「平和」に拘り続けた。又、比較的穏やかに目標に向かって、作句活動が出来た。従って、この五年の作品は逆編年で巻首から収録した。

更に掉尾「結」六句は恵まれぬ作句環境の中で、作り続けた昭和期への思いから敢えて残した。

この句集の出版に際しては「響焰」の山崎主宰、石倉夏生氏に労を煩わせた。また、東京四季出版代表取締役の西井洋子氏とスタッフの方々にご配慮をいただいた。合わせて厚く御礼申しあげます。

平成二十七年十一月二十三日　父母の遺影の前で

和田浩一

著者略歴

和田浩一（わだ・こういち）

昭和十三年十一月二十三日、東京、目黒に父武雄、母節子の長男として生まれる。

現代俳句協会理事、栃木県現代俳句協会会長、「響焔」同人会長。

㈱カルチャー小山・古河教室講師、昴・栃の実・間々田柊会・ひまわり・銀河・あかつき・富泉会等の句会講師。

現住所　〒323-0016　栃木県小山市扶桑一―七―一〇

響焔叢書No.78

響焔創刊60周年記念出版1

句集　いのち

発行　平成二十七年十一月二十三日
著者　和田浩一
発行人　西井洋子
発行所　株式会社東京四季出版
〒189-0013　東京都東村山市栄町二−二二−二八
電話　〇四二−三九九−二一八〇
振替　〇〇一九〇−三−九三八三五
印刷　株式会社シナノ
定価　本体二七〇〇円＋税

ISBN978−4−8129−0885−3